おいらはコンブ林《ばやし》にすむ
プカプカといいます

作／岩佐めぐみ　絵／高畠 純

はじめに

あなたはひとりでいるのがすきですか？
本《ほん》をよんだり、なにかを作《つく》ったり、
ゲームをしたり、
なーんにもしないで、ぼーっとしたり……
じぶんだけの時間《じかん》ってたいせつですよね。
でも、だれかといるのもすてきです。
ときには、
意見《いけん》が合《あ》わなくてイライラしたり、
誤解《ごかい》したりされたりで悲《かな》しくなることもあるけど、
なんてったって「あっちむいてホイ！」ができますから。

もくじ

↑
もしもし湾《わん》へ
クジラ海《かい》
アフリカ
クジラ先生《せんせい》(クジえもん)
しおふきがとくいで、とてつもなく大《おお》きい。
学校《がっこう》で先生《せんせい》をしていたが、いんたい。
ずう〜っとクジラ岬《みさき》にすんでいる。
ミセス・クジラ岬《みさき》
わかいころは、ミス・クジラ岬《みさき》。
ひさしぶりに再会《さいかい》したクジラ先生《せんせい》と
けっこん、クジラ岬《みさき》にもどってきた。
キリン
たいくつだったので
「地平線《ちへいせん》のむこうにすむきみへ」と
手紙《てがみ》を書《か》いたことから、クジラ海《かい》の
なかまたちと友《とも》だちになる。
クジラ岬《みさき》
くーぼー
子《こ》クジラ。オットッ島《とう》で
クー助《すけ》じいちゃんにそだてられる。
じいちゃんが死《し》んだあと、
クジラ岬《みさき》で、しおふきの修行中《しゅぎょうちゅう》。
コンブ林《ばやし》
プカプカ
ふるさとラッタッタ島《とう》から旅《たび》にでたまま、
コンブ林《ばやし》にすみついた、旅《たび》ラッコ一匹《いっぴき》ラッコ。
ほんとうはさびしがりや?
スーパーうずまきぐるぐる
オットッ島《とう》
せいちゃん
オットセイ。くーぼーの親友《しんゆう》。
せーらちゃん
せいちゃんの妹《いもうと》。
ラッタッタ島《とう》へ →

クジラ海《かい》のなかまたち

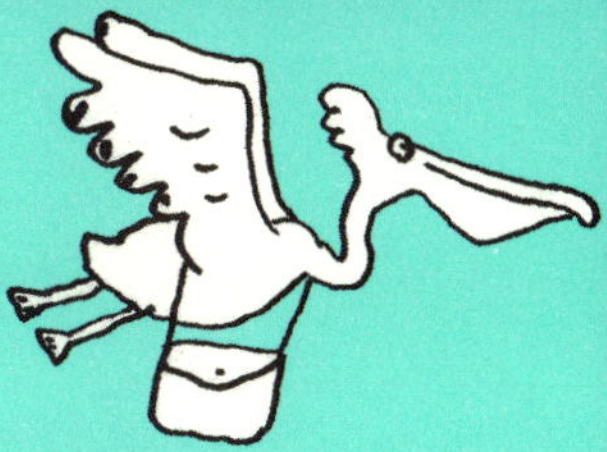

ペリカン配達員《はいたついん》

たいくつだったのでゆうびん配達《はいたつ》をはじめ、
キリンの手紙《てがみ》をとどけた。
いまは、クジラ海《かい》の空担当《そらたんとう》のゆうびん配達員《はいたついん》。

アザラシ配達員《はいたついん》

海《うみ》のゆうびん配達員《はいたついん》。
まじめなはたらきぶりは、
みんなに信頼《しんらい》されている。

ペンギン先生《せんせい》

アフリカのキリンから手紙《てがみ》をもらい
文通《ぶんつう》をはじめる。クジラ先生《せんせい》の教《おし》え子《ご》。
卒業《そつぎょう》してペンギン島《とう》で先生《せんせい》をしている。

ルカちゃん

イルカの女《おんな》の子《こ》。せいちゃんが書《か》いた
手紙《てがみ》を見《み》て、ふたりは友《とも》だちに。

ザラシー配達員《はいたついん》

アザラシ配達員《はいたついん》にあこがれて、
海《うみ》の配達員《はいたついん》になることを決意《けつい》。
こわがりで、おっちょこちょい。

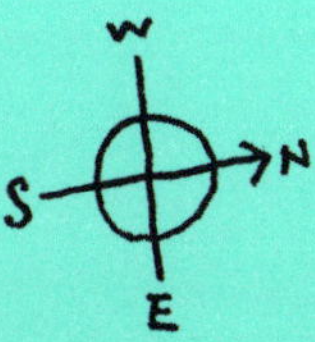

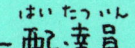

プカプカの手紙《てがみ》

ここはコンブ林《ばやし》。
クジラ岬《みさき》の北東《ほくとう》、オットッ島《とう》からは北西《ほくせい》にあたる
コンブの林《はやし》です。

ゆーら　ゆーら
ゆーら　ゆーら

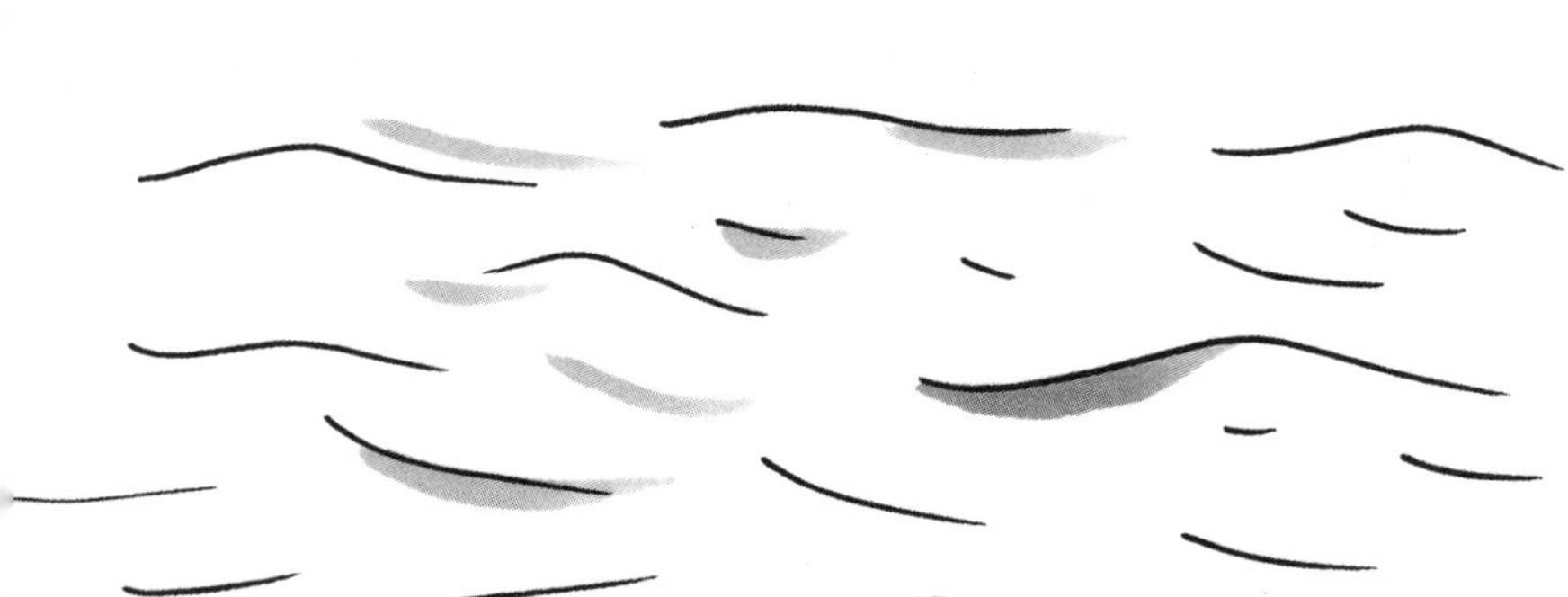

コンブベッドが
波《なみ》にゆられています。
そこで
気《き》もちよさそうに、
ぷかぷかと
ひるねをしているのは、
その名《な》も「プカプカ」、
コンブ林《ばやし》にすむ
ラッコです。

プカプカの生《う》まれは、ラッタッタ島《とう》。コンブ林《ばやし》のずーっと、ずーっと、ずーっと遠《とお》くにある北《きた》の島《しま》です。

プカプカが、水平線《すいへいせん》のむこうを見《み》てみたいと、ラッタッタ島《とう》をでたのは、いつのことだったでしょう。クジラの背中《せなか》にのせてもらったり、「スーパーうずまきぐるぐる一号《いちごう》」にのみこまれたりしながら旅《たび》をつづけ、いまはコンブ林《ばやし》でひとりぐらしをしています。

プカプカのことを「ほんとうは、まいごになってラッタッタ島《とう》に帰《かえ》れないいんじゃないか」とか、「つよがりいってるけど、ほんとうはさびしがりやなんじゃないか」とかいう人《ひと》もいるけど、プカプカはそうじゃないといいます。

ラッタッタ島《とう》なんか、ぜーんぜん帰《かえ》りたくないし、ひとりが好《す》きだから、ちーっともさびしくないんだと。

だからじぶんのことを
「旅《たび》がらす一匹《いっぴき》おおかみ」

――じゃなかった、

「旅《たび》ラッコ一匹《いっぴき》ラッコ」

なんていってるんです。

でも、近《ちか》ごろ、そんなプカプカに
ちょっとした変化《へんか》がおきています。それは――
「おーい、プカプカー。」
やってきたのは、海《うみ》のゆうびん配達員《はいたついん》をしている
アザラシのザラシー。
そうなんです、友《とも》だちができたんです。
「またねてる。いい天気《てんき》なんだから、
すこしはからだをうごかしたらどう？」
「おっ、ザラシーじゃないか。やっときたか！」
プカプカが、とび起《お》きました。

「うん。きたよ、あそびに。」

「なんだ。おまえとあそんでるひまなんかない。」

プカプカは、おこったようにいいました。

「ひるねしてるってことは、ひまなんでしょ。

ぼくらは親友《しんゆう》なんだから、あそぼ。」

「おい、かってに親友《しんゆう》にするな。」

プカプカは、ぶっきらぼうにこたえました。

「だれがどうみたって、ぼくらは親友《しんゆう》さ。」

ザラシーは、プカプカのきげんの
わるいことなど、ちっとも気《き》にしてません。

「プカプカー、ザラシー。」

こんどは、女《おんな》の子《こ》の声《こえ》がきこえてきました。

あれは、イルカのルカちゃんです。

「なにしてあそんでるの？　わたしもいれて！」

ルカちゃんがジャンプしました。

「あそんでなんかいないぞ。

まったく、これじゃ
一匹《いっぴき》ラッコの名《な》がすたるってもんだ。」

プカプカがブツブツいってるよこで、
ザラシーとルカちゃんは「あっちむいてホイ！」を、はじめました。

「おいザラシー、おまえ、そんなことやっていいのか？
ちゃんと、仕事《しごと》しろよ。」
「仕事《しごと》、ひまなんだもん。」
ザラシーのこたえにプカプカは、ムッとしたような
がっかりしたような、その両方《りょうほう》がまざったような顔《かお》をしました。
じつはプカプカ、しばらくまえに手紙《てがみ》をたくさん書《か》いて、
ザラシーにくばってもらったのです。それで、そろそろ返事《へんじ》が
もどってきてもいいころだなーと、ひそかにまっているのです。
プカプカが書《か》いた手紙《てがみ》を見《み》てみたい？
それは、こんな手紙《てがみ》です。

おいらは コンブ林《ばやし》にすむ
プカプカと いいます。

おいらの生《う》まれはラッタッタ島《とう》
だけど、旅《たび》ラッコなので
いまは コンブ林《ばやし》にいます。

おいらは一匹《いっぴき》ラッコです。
でも たまには おきゃくさんが
きても いいかなと おもって
るんだ。

あそびにきたら とまっても
いいぞ。
コンブベッドのねごこちは
さいこうだぜ。
貝《かい》もごちそうしてやるぞ。

コンブ林《ばやし》 プカプカ

「あっちむいてホイ！」
「あっちむいてホイ！」
　ザラシーとルカちゃんは、
右《みぎ》をむいたり左《ひだり》をむいたり、
上《うえ》をむいたり下《した》をむいたり。
「あっちむいてホイ！」
　ルカちゃんが下《した》をさすと、
ザラシーは上《うえ》をむきました。
「あーっ。」
　ザラシーが声《こえ》をあげました。

「ザラシー配達員《はいたついん》、
ここにいたのか。」
空《そら》からふってきた
声《こえ》の主《ぬし》はペリカン配達員《はいたついん》です。
「はーい、ここにいましたー。」
ザラシーは元気《げんき》にこたえます。

ペリカン配達員《はいたついん》も、ゆうびん配達《はいたつ》をしています。ザラシーとアザラシ配達員《はいたついん》（ザラシーのあこがれのせんぱい）が海担当《うみたんとう》で、ペリカン配達員《はいたついん》は空担当《そらたんとう》です。

「ペリカン配達員《はいたついん》、
いっしょに
『あっちむいてホイ』
やりませんかー?」
ザラシーが、さそうと
「やろうやろう!」
ルカちゃんがジャンプしました。
「いや、仕事中《しごとちゅう》だから。
そんなことより
アザラシ配達員《はいたついん》がさがしてたよ。」

「えー？　なんか用《よう》かなあー。」
　ザラシーが、ぽかんとした顔《かお》でいうと、プカプカが、
よこから、ぽかっと頭《あたま》をたたきました。
「なんか用《よう》かなあーじゃないだろ。仕事《しごと》にきまってるだろ。」
「えー、そう？　ひまなんだけどなあ。」
「いまから、ひまじゃなくなるんだよ。とっとと、いけ。」
　プカプカはザラシーの背中《せなか》を、クジラ岬《みさき》のほうへむかって
おしました。そしてニンマリしました。どうやら返事《へんじ》が
きたようです。
「なにわらってんの？」

ルカちゃんがきくと、
「わ、わらってなんかない。」
プカプカは、ふくれっつらで
いいました。でも
返事《へんじ》がくるかと思《おも》うと、
心《こころ》の中《なか》はわくわくで、
コンブおどりをしたいほどでした。
（コンブおどりって、
どんなおどりかって？
それなら、ぜひコンブ林《ばやし》へ！）

ところが、それから二日《ふつか》たってもザラシーはあらわれず、
つまり、プカプカへの返事《へんじ》はいっこうにやってきません。
「ザラシーのやつ、さぼってどこかで
『あっちむいてホイ！』
やってるんじゃないか？」
　プカプカはいらいらしています。
こっちからでかけたいほどですが、
いきちがいになるのも心配《しんぱい》だし、
だいいち、返事《へんじ》をこんなに
たのしみにしているじぶんが、

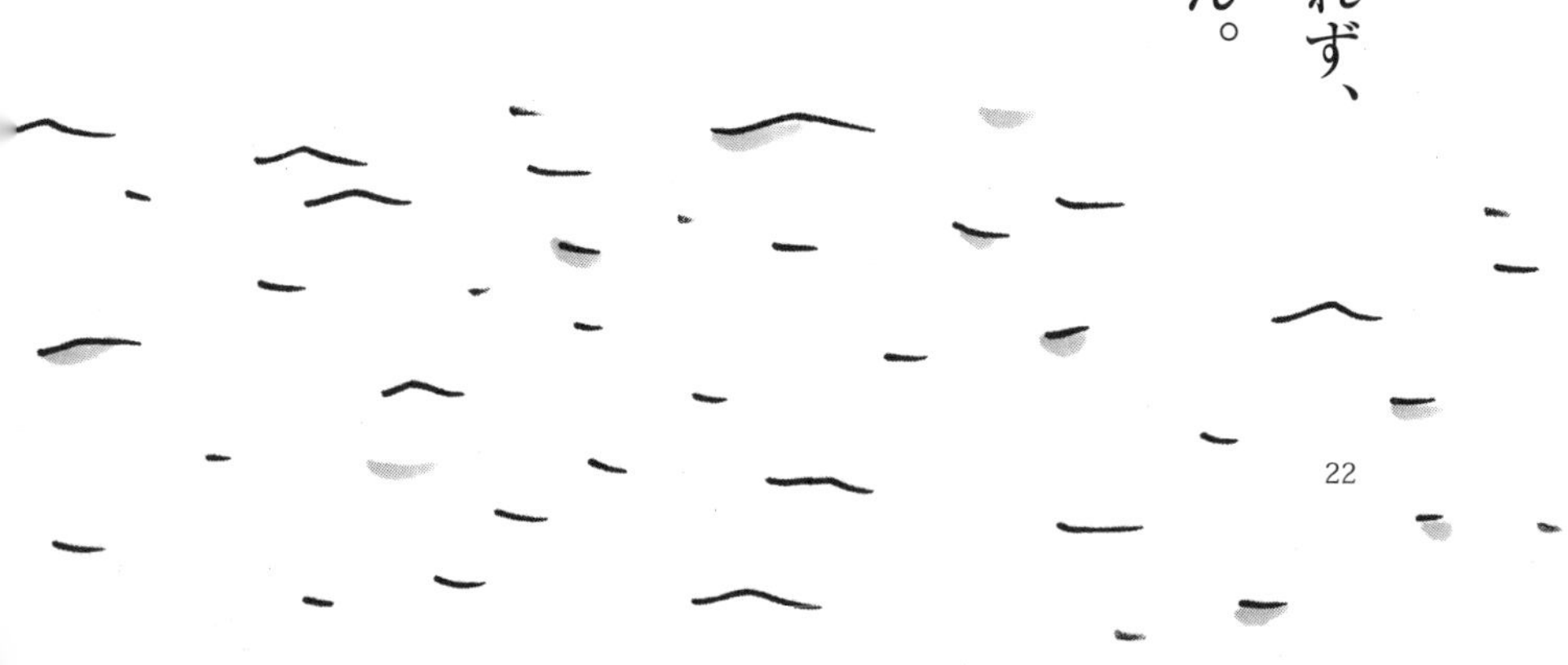

一匹《いっぴき》ラッコとしては、はずかしい気《き》もするのです。

「う～ん、あいつ、また、まいごになってるとか。」

そうそう、ザラシーは、見《み》ならい配達員《はいたついん》のときに、まいごになったことがあるんです。

「いや、いくらなんでも、おいらのところにくるのに、まようはずないよな。ふうー。」

プカプカは、ため息《いき》をつきました。

「それが、その、まよっちまって。」

「え？」

プカプカがふりかえると、そこには見《み》なれない顔《かお》が……。

お客《きゃく》さん

「コンブ林《ばやし》を、さがしているんですが。」

「コンブ林《ばやし》なら、ここだよ。」

「え？　ってことは、ひょっとしてプカプカさんですか？」

つるんとした頭《あたま》の生《い》きものがききました。

「そうだけど、おまえ、だれ？」

「あ、こりゃしつれいいたしました。あっしはウミガメのカメ次郎《じろう》ともうします。」

「ウミガメ？」

　ウミガメは、プカプカにとっては見《み》るのもきくのもはじめてです。

　カメ次郎《じろう》と名《な》のる、そのウミガメは、背中《せなか》に大《おお》きな荷物《にもつ》を背《せ》おっています。

「あっしは旅《たび》ウミガメ一匹《いっぴき》ウミガメです。プカプカさんは旅《たび》ラッコ一匹《いっぴき》ラッコですよね？」

「なんで知《し》ってるんだ？」

「手紙《てがみ》に書《か》いてありましたから。」

「手紙《てがみ》？　おいらの手紙《てがみ》をよんだのか？」

プカプカが声《こえ》をあげました。
「はい。たまたま声《こえ》をかけたお方《かた》が
プカプカさんの手紙《てがみ》をもっていて、
見《み》せていただきました。」
「へえ。おいらの手紙《てがみ》を
もってたのはだれだい？」
「お名《な》まえは、ききませんでした。でも、手紙《てがみ》をよんで
プカプカさんとあっしは、にているなとおもいました。
ぜひ兄《あに》さんとよばせてください。ところで、きょう民宿《みんしゅく》は
あいていますか？　泊《と》まりたいんですが。」

「民宿《みんしゅく》？」

「ありゃ、きょうは満室《まんしつ》ですか？」

カメ次郎《じろう》は、あたりを見《み》まわしました。

プカプカも、見《み》まわしたけど、だれもいません。でも

「よ、予約《よやく》は、いっぱいだけど、とくべつに泊《と》まらせてやってもいいぞ。ほかの客《きゃく》はことわるから。と、とくべつだぞ」とかなんとか、いっちゃって。

「兄《あに》さん、恩《おん》にきます！」

カメ次郎《じろう》は、ふかぶかと
おじぎをしました。
「ところで兄《あに》さん、
この民宿《みんしゅく》の名《な》まえは……？」
そんなことときかれたって、
そもそも民宿《みんしゅく》じゃないし。
プカプカは、こたえにこまって、
コンブをからだにまきつけました。
「あ、コンブ荘《そう》ですね？」
「そ、そうそう、コンブ荘《そう》。よくわかったな。」

カメ次郎《じろう》はカバンをおろし、中《なか》からノートをだして、なにか書《か》きました。

「おい、もうひとつの荷物《にもつ》も、おろしたらどうだい？」

プカプカは、カメ次郎《じろう》の背中《せなか》に手《て》をのばしました。

「これは、おろせませんよ、兄《あに》さん。おもしろいお方《かた》だ。」

なんだかよくわからないけど、

「おもしろい」と、カメ次郎《じろう》がいったので、
プカプカは、ハハハとわらってみせました。

プカプカは、カメ次郎《じろう》に貝《かい》をごちそうしました。

「なんて、うまいんだ！　それに、じつに形《かたち》がいい！

この貝《かい》は、なんという名《な》まえですか？」

「えっと、えっと、プカ貝《がい》だ。」

カメ次郎《じろう》は「プカ貝《がい》……」といいながら、
またノートに書《か》いています。

「おまえ、さっきからなに書《か》いてんの？」

「いや、その、たいしたもんじゃありません。」

カメ次郎《じろう》は、そういうとノートをかくしました。

「この貝《かい》がら、いただいてもよござんすか？

あっしは、旅《たび》をしながら、いろんなものをあつめてるんで。」

ふーん、へんなヤツ。プカプカは小《ち》さい声《こえ》でいいました。

日《ひ》がくれてきました。
カメ次郎《じろう》も
プカプカのまねをして、
コンブをまきつけ、
ゆらゆらしてます。
「あっしはコンブ荘《そう》が
気《き》にいりました。
しばらくごやっかいに
ならせてもらえますか？」
「いいけど……」

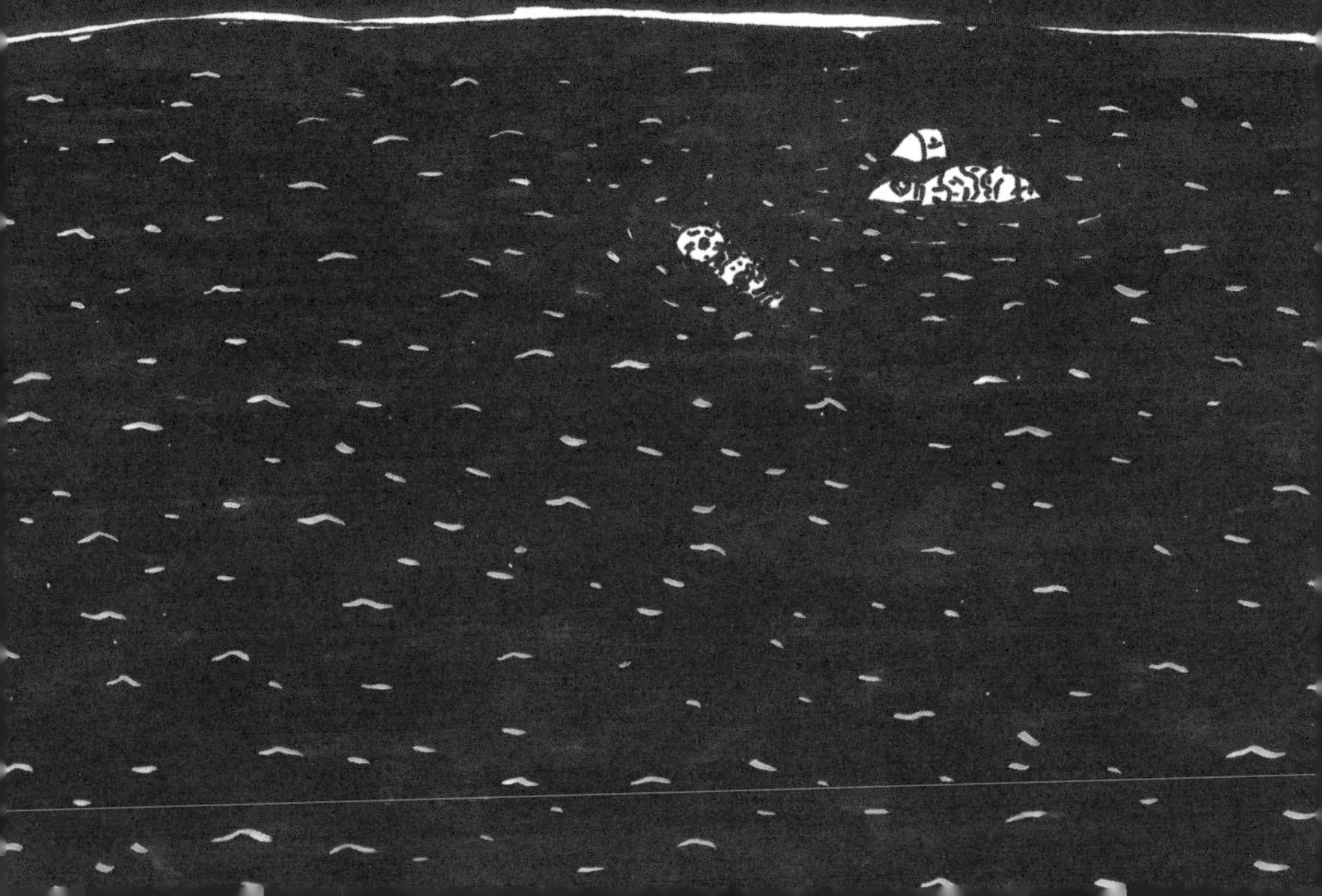

「ひるまは、あっちこっち
でかけますんで、
おかまいなく。あっしは、
このコンブベッドと
プカ貝《がい》さえあれば、
じゅうぶんです。」
——というわけで
カメ次郎《じろう》は、コンブ荘《そう》の
はじめての
お客《きゃく》さんになりました。

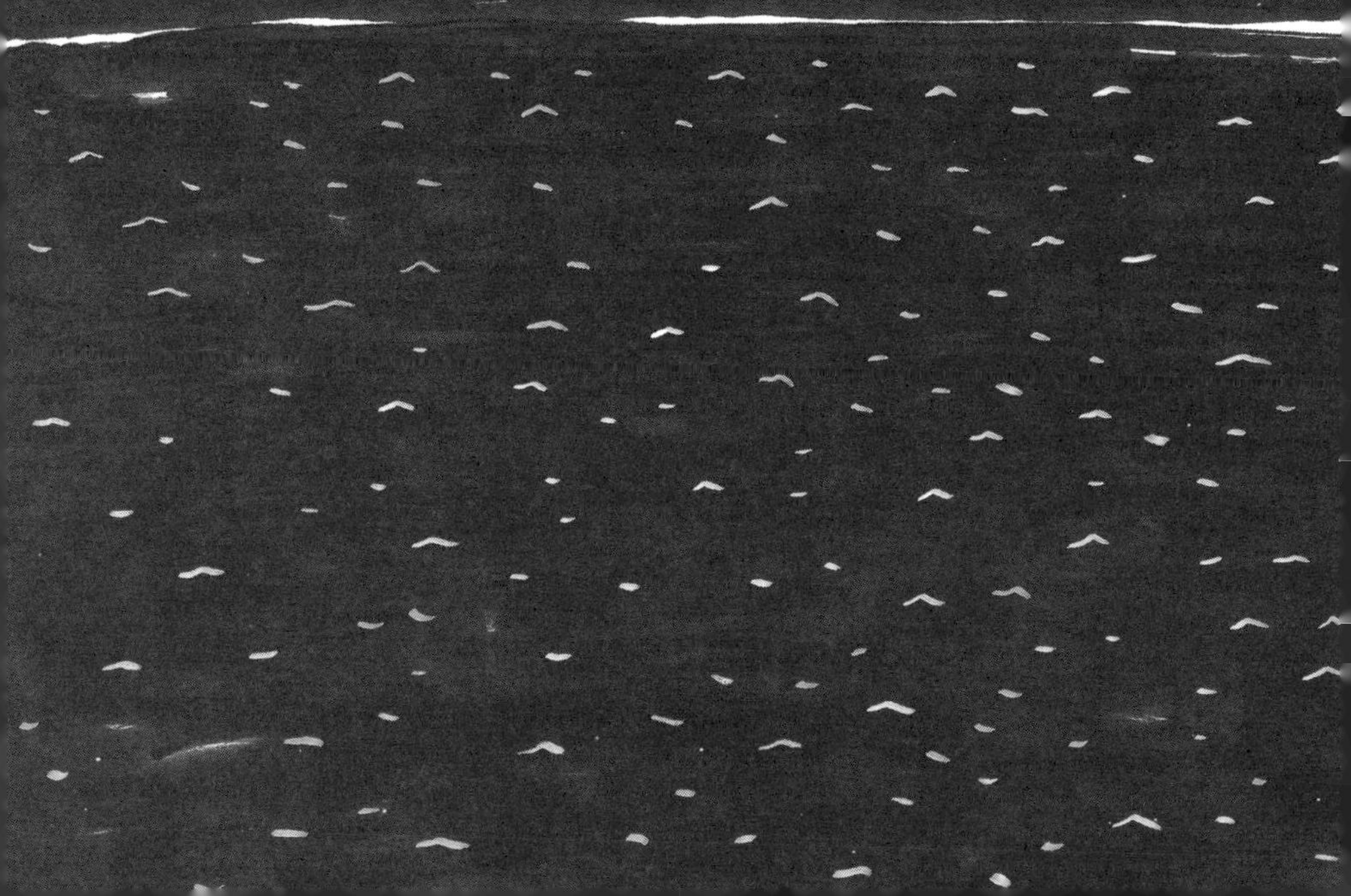

あやしいカメ次郎《じろう》

　カメ次郎《じろう》は、朝起《あさお》きるとカバンをもってでかけていきます。
夕方《ゆうがた》にもどってくると「うまいうまい」と貝《かい》をたべ、
貝《かい》がらをカバンにしまうと、あっというまにコンブベッドで
ねむってしまいます。
「なんなんだよ。」
　ひとりにはなれている一匹《いっぴき》ラッコのプカプカも、
ものたりないっていうか、つまらないっていうか……。

おまけにザラシーも
ルカちゃんも、
まったくすがたを見《み》せません。

四日目《よっかめ》の朝《あさ》のことです。
プカプカがいつもより
早《はや》く目《め》をさますと、カメ次郎《じろう》は
もう起《お》きていました。
コソコソと
なにかやっているようす――

うしろから、そーっと近《ちか》づくと、
カメ次郎《じろう》は、ノートをひらいて
見《み》ています。
なにが書《か》いてあるんだ？
もうすこしで見《み》えると
おもったしゅんかん、カメ次郎《じろう》は
パタッとノートをとじ、
ふう、と息《いき》をはきました。
ひやっとしたプカプカは、
ポチャンと海《うみ》にもぐります。

もぐりついでに貝《かい》をとって、
海面《かいめん》に顔《かお》をだすと、
「おはようございます、兄《あに》さん。どちらにいかれたのかと
おもっていました。」
「お、おはよう。ほれ、貝《かい》だ。プカ貝《がい》だぞ、くえ。」
「いつもいつも、すいません。あっしは、まだ腹《はら》もへってないし、
兄《あに》さんどうぞ。きょうは早《はや》めにでかけますんで。」
カメ次郎《じろう》は、そういってでかけていきました。
そのうしろすがたを見《み》ながら、プカプカはおもいつきました。
「よし、あとをつけてみよう。」

気《き》づかれないように
用心《ようじん》しながら、プカプカが
ついていくと、
「プカプカー！」と、
じぶんをよぶ声《こえ》が
するではありませんか。
プカプカは大《おお》あわてで
海《うみ》にもぐり、猛《もう》スピードで
コンブ林《ばやし》にもどっていきました。
ゼイゼイ　ハアハア……

ゼイゼイ　ハアハア……

もう、心《しん》ぞうがバクバクです。

「ど、ど、どう、した、の？」

ひっしに追《お》いかけてきた
ザラシーも苦《くる》しそう。

「おど、かすな。」

「おど、かして、なんか、いない、よ。

すがたが、見《み》えたから、
よんだ、だけ、でしょ。」

「よ、けい、な、こと、するな。」

息《いき》がととのったところで、ザラシーがいいました。

「ねえ、なにしてたの？」

「おまえこそ、なにしてたんだ？　ちっとも顔見《かおみ》せないで。」

「仕事《しごと》。」

「おいらに手紙《てがみ》は？」

「こない。」

「じゃ、なんの仕事《しごと》だよ。」

「アザラシ配達員《はいたついん》がね、配達《はいたつ》のほかに、だいじな用《よう》ができたらしいよ。

だから、アザラシ配達員《はいたついん》のぶんも、ぼくが仕事《しごと》してるの。」

「ちぇっ。」

プカプカは、またがっかりです。

「ねえ、さっき、どこにいこうとしてたの？」

「おまえには、かんけいない。」

とはいったものの――カメ次郎《じろう》はプカプカの手紙《てがみ》を見《み》て、たずねてきました。その手紙《てがみ》をくばったのは、ザラシーです。

「かんけいないとおもったけど、かんけいあった。

おまえがくばってくれた手紙《てがみ》を見《み》たウミガメが、いま、おいらのところに泊《と》まってるんだ。」

「え？　指《ゆび》が目《め》？　なにそれ。」

「ちがう、ウミガメ！」

「耳《みみ》が目《め》？　プカプカったら、へんなことといって。」

「へんなのはおまえだろ、もういい！　とっとといけ。」

「うん、いかなくちゃ。わるいけど、プカプカとあそんでるひまはぼくにはないんだ。じゃーねー。」

　そういうと、ザラシーはいってしまいました。

「なんだ、あいつ。いつもさぼってばっかりのくせしやがって。それにしても、カメ次郎《じろう》は、どこいったんだ。あやしいな。おいら、なんだかいやな予感《よかん》がする。」

よく朝《あさ》、でかけようとする
カメ次郎《じろう》に、プカプカはいいました。
「おいらも、いっしょに
いこうかなあ。」
「そりゃいけませんよ、兄《あに》さん。」
「どうして？」
「だって兄《あに》さんが留守《るす》のあいだに、
コンブ荘《そう》にお客《きゃく》さんがきたら
こまるでしょう？」

「え？　いや、だって……」

そもそも民宿《みんしゅく》じゃないし。

「あ、じゃあ、その
でかいカバンはおいていけば？」

「いえいえ、こいつはもっていかないと。」

「ふうん。そんなに
だいじなものが入《はい》ってるのか？」

「いや、ほんのがらくたです。

それじゃあ、いってまいります。」

やっぱり、あやしいぞ。

プカプカはこそこそと、ついていきます。
「おーい、プカプカー。」
「また、おまえか！」
プカプカは、きのうとおなじように、
海《うみ》の中《なか》を大《おお》いそぎでもどります。
プカプカのあとを、
ザラシーが追《お》いかけるのも、
きのうとおなじです。
ゼイゼイ　ハアハア……
ゼイゼイ　ハアハア……

「なんなんだよ。だいじなときに、またじゃましやがって。」

「ぼくも、だいじなこと伝《つた》えにきたんだ。あのね、このへんに、わるいヤツがうろついてるらしいんだ。」

「わるいヤツ?」

「うん。怪盗《かいとう》だめ次郎《じろう》っていうんだって。」

「なんだ?　それ。」

「だめ次郎《じろう》って名《な》まえのどろぼうだよ。」

「はあ?　どろぼう?」

「プカプカも気《き》をつけたほうがいいとおもって。じゃ、ぼくは仕事中《しごとちゅう》だからいくよ。」

たいせつなもの

そのころ、クジラ岬《みさき》では、クジラ先生《せんせい》、ミセス・クジラ岬《みさき》、ペリカン配達員《はいたついん》、そしてアザラシ配達員《はいたついん》があつまっていました。

「みなさん、おそろいのようなので、これよりクジラ岬《みさき》きんきゅう会議《かいぎ》をはじめさせていただきます。」

アザラシ配達員《はいたついん》がおじぎをし、みんながパチパチとはくしゅしました。

「えー、近《ちか》ごろ、このあたりに
あやしいヤツが、うろついているという
うわさを耳《みみ》にしたので、
わたくしアザラシ配達員《はいたついん》は
数日間《すうじつかん》にわたり、
ききこみ調査《ちょうさ》をしてまいりました。」
「ごくろうさま。
で、なにかわかったかい？」
ペリカン配達員《はいたついん》がいいました。
「そのあやしいヤツは『怪盗《かいとう》カメ次郎《じろう》』

と、名《な》のっているようです。」

「怪盗《かいとう》カメ次郎《じろう》……」

なにか、とくちょうは？」

クジラ先生《せんせい》がききました。

「歯《は》が、とがっているんだそうです。」

アザラシ配達員《はいたついん》がこたえると、

「まあ、こわい。どんな、
ひがいがあったのかしら？」

ミセス・クジラ岬《みさき》は、
ブルッとからだをふるわせました。

「いろいろきいてまわったのですが、よくわからないんです。」

アザラシ配達員《はいたついん》が、ため息《いき》をもらします。

「怪盗《かいとう》というからには、やっぱり金《きん》、銀《ぎん》、財宝《ざいほう》をねらっているんだろうな。」

ペリカン配達員《はいたついん》が、うで組《ぐ》みしていいました。

「うーむ。とりあえず、たいせつなものは、じぶんでまもるよう、みんなによびかけよう。」

クジラ先生《せんせい》の意見《いけん》に、みんなウンウンとうなずきました。

「それでは、きょうのきんきゅう会議《かいぎ》をおわります。」

いつしか、あたりは夕《ゆう》やけ色《いろ》にそまっていました。

そのばん、クジラ先生《せんせい》が、
くーぼーにいいました。
「くーぼー、近《ちか》ごろ、このあたりに、
どろぼうがでるらしい。たいせつなものは、
ぬすまれないようしっかりまもるんだよ。」
「くーぼーの、
たいせつなものは、なあに?」
ミセス・クジラ岬《みさき》がききました。
「うーん……いっぱいあります。」
「ききたいわ。」

「えーっと、せいちゃんや、
せーらちゃん……友《とも》だちです。
それから、クジラ先生《せんせい》と
ミセス・クジラ岬《みさき》……家族《かぞく》です。
それから……じいちゃんとの思《おも》い出《で》です。」
くーぼーは、うんと小《ちい》さいときに
お父《とう》さんとお母《かあ》さんが死《し》んでしまって、
じいちゃんにそだてられました。そのじいちゃんも死《し》んでしまって、
いまは、じいちゃんの友《とも》だちのクジラ先生《せんせい》とミセス・クジラ岬《みさき》と
くらしているのです。

「ミセス・クジラ岬《みさき》は？」
　くーぼーも、ききました。
「そうねえ、わたしも
いっぱいあるけど、
まずは……じぶんかしら。」
「じぶん？」
　くーぼーは、ふしぎそうにいいました。
「ええ。わたし、ずっと、じぶんをたいせつに生《い》きてきたわ。だから
クジラ先生《せんせい》とけっこんすることにしたのよ。いま、クジラ先生《せんせい》と、
くーぼーとクジラ岬《みさき》でくらせて、わたし、ほんとうにしあわせ！」

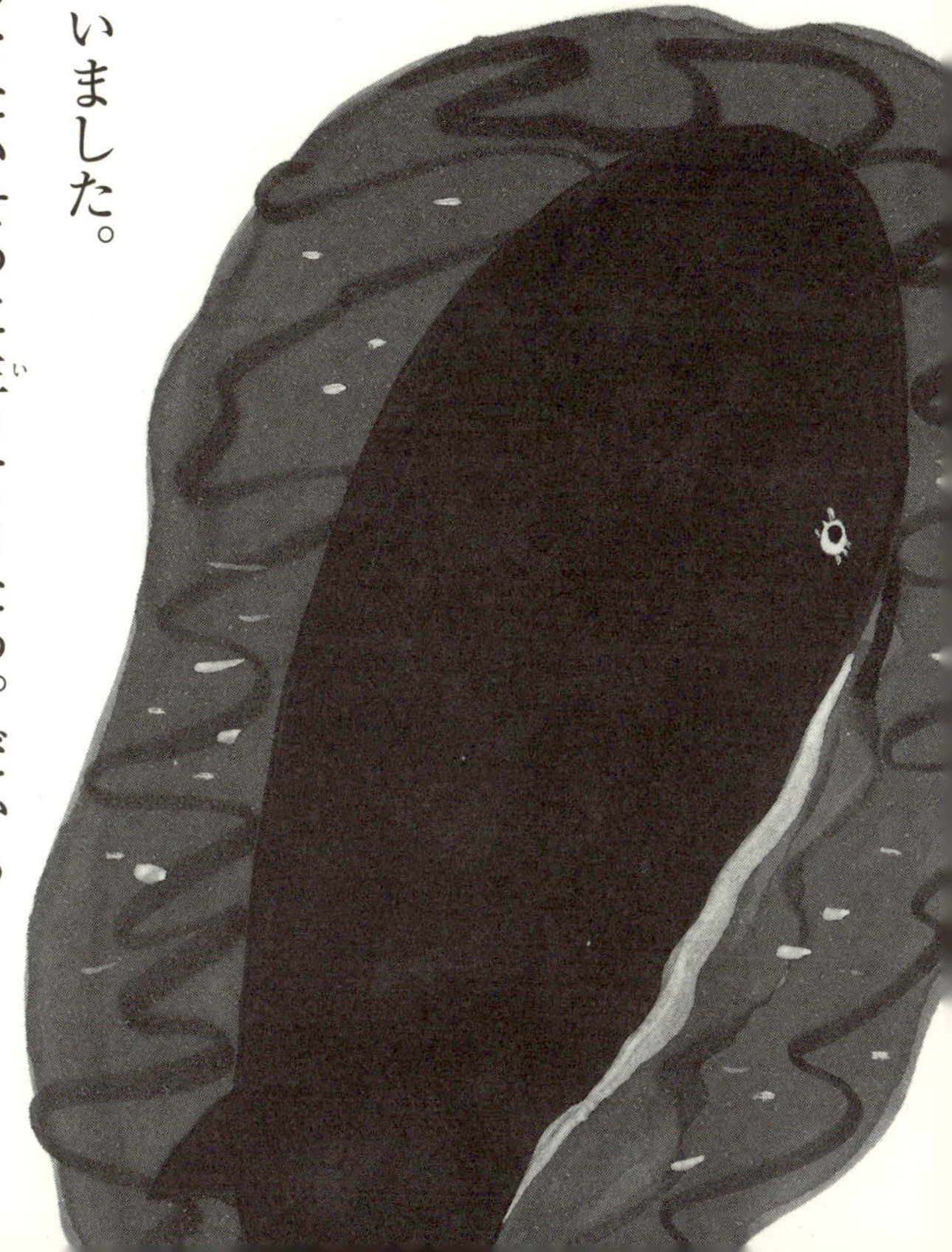

しあわせなミセス・クジラ岬《みさき》といっしょにいると、クジラ先生《せんせい》も、くーぼーも、しあわせなのでした。

「ふーん、じぶんをたいせつにするって、だいじなことなんですね。クジラ先生《せんせい》は、やっぱり金《きん》メダルでしょう？」

クジラ先生《せんせい》は、わかいころ、クジラ岬《みさき》オリンピックのしおふき競技《きょうぎ》で金《きん》メダルをとりました。くーぼーも、いつか金《きん》メダルをとりたいと、クジラ先生《せんせい》にしおふきをおそわっています。

「わしのたいせつなものは……このクジラ岬《みさき》じゃな。」

クジラ先生《せんせい》はしみじみと、いいました。

「クジラ岬《みさき》で生《う》まれそだって、わしはいちどもここを

はなれたことはない。みんなが
いなくなっても、わしはのこった。
でも、それでよかった。
ミセス・クジラ岬《みさき》がもどってきた。
くーぼーが、やってきた。
クジラ岬《みさき》には、
わしにひつようなものは、
ぜんぶある。
クジラ岬《みさき》にないものは、
わしにはひつようのないものじゃ。」

くーぼーは、じぶんのたいせつなもの、ミセス・クジラ岬《みさき》のたいせつなもの、そしてクジラ先生《せんせい》のたいせつなものを、ひとつひとつおもいうかべました。

「そのどろぼうは、ぼくたちのたいせつなものを、どうやってぬすむんでしょう?」

ミセス・クジラ岬《みさき》とクジラ先生《せんせい》は顔《かお》を見《み》あわせ、わらいだしました。

「くーぼー、どうやらその心配《しんぱい》は、なさそうじゃな。」

ルカちゃんの友《とも》だち

「ゆうべ、たいせつなものの話《はなし》をしていたら、オットッ島《とう》のせいちゃんに会《あ》いたくなりました。いってきてもいいですか？」

よく朝《あさ》、くーぼーはクジラ先生《せんせい》にききました。

「ああ、いっておいで。」

くーぼーがオットッ島《とう》につくと、せいちゃんとルカちゃんが「あっちむいてホイ！」をしていました。

「あ、くーぼーだ！」

せいちゃんが、気《き》づいて海《うみ》にとびこみました。

「せいちゃん！　会《あ》いにきたよ。」


しばらくのあいだ、三人《さんにん》はあそんだり、話《はなし》をしたりして、すごしました。それから、くーぼーは、あたりを見《み》まわしていいました。

「そういえば、せーらちゃんは？」

「わたしの友《とも》だちと、あそんでるの。」

ルカちゃんがいいます。

「えーっと……ほら、あそこにいる。」
せいちゃんが、さすほうを見《み》ると、
せーらちゃんが波《なみ》にのって
すべるように、うごいています。
「友《とも》だちの、背中《せなか》にのってるのよ。
いこう。しょうかいするから。」
ルカちゃんにつれられて、
くーぼーが近《ちか》づくと、
「うーぼー、うーぼー」
せーらちゃんが、いいました。

「せいちゃんの親友《しんゆう》のくーぼーよ。」
ルカちゃんが、その友《とも》だちに、
くーぼーをしょうかいすると、
ルカちゃんの友《とも》だちは、
ていねいに頭《あたま》をさげました。
「お初《はつ》にお目《め》にかかります。
あっしは旅《たび》ウミガメ一匹《いっぴき》ウミガメの
カメ次郎《じろう》です。」
「カメ次郎《じろう》さんは旅《たび》のとちゅうでね、
二《に》、三日《さんにち》まえに知《し》りあったの。

せーらちゃんに会《あ》わせたくて
つれてきちゃった。」
ルカちゃんがいい、
カメ次郎《じろう》がウンウンとうなずきます。
「くーぼーさんは、どちらにおすまいで？」
「ぼくもオットッ島《とう》にすんでいたんですけど、
いまはクジラ岬《みさき》にいるんです。」
くーぼーは、じいちゃんのこと、
クジラ岬《みさき》オリンピックのことなどを、
カメ次郎《じろう》にはなしました。

カメ次郎《じろう》はノートをとりだして、
いっしょうけんめいに
なにか書《か》いています。
「またたわ。カメ次郎《じろう》さんって、
ああやって、すぐノートに書《か》くのよ。
おもしろいでしょ。」
ルカちゃんが、ククッとわらいました。
「カメ次郎《じろう》さんは、オットッ島《とう》に
泊《と》まっているんですか？」
カメ次郎《じろう》がノートをとじると、くーぼーはききました。

「あっしは『民宿《みんしゅく》コンブ荘《そう》』でおせわになっています。」
「民宿《みんしゅく》コンブ荘《そう》？」くーぼーは、きいたことがありません。
「おいしい貝《かい》をごちそうしてくれるし、
そこのご主人《しゅじん》が、そりゃあできたお方《かた》で
すばらしい民宿《みんしゅく》ですよ。くーぼーさんも、
いちどお泊《と》まりになるといい。」
「民宿《みんしゅく》コンブ荘《そう》、おぼえておきます。
そうだ、クジラ岬《みさき》にも
ぜひよってください。」
「ええ、そうさせていただきます。」

それから、みんなで「あっちむいてホイ！」をして
あそびました。
「あっしむいてホイ！」
カメ次郎《じろう》がいいました。
「カメ次郎《じろう》さん『あっちむいてホイ！』だよ。
『あっし』じゃなくて。」
せいちゃんがいうと、
みんな大《おお》わらいしました。
「あ、そうでした。
ついついまちがえちまって。」

カメ次郎《じろう》が、ポリポリと頭《あたま》をかきます。
それでも、またカメ次郎《じろう》が、
「あっしむいてホイ!」というので、
みんなそろって、カメ次郎《じろう》のほうを
むきました。カメ次郎《じろう》はまっかな顔《かお》で、
はずかしそうにしています。
またみんな大《おお》わらい。みんなが
わらうので、せーらちゃんもわらいます。
たのしいたのしい一日《いちにち》をすごして、
みんな帰《かえ》っていきました。

カメ次郎《じろう》がコンブ荘《そう》に帰《かえ》ってきました。
「きょうは、ほんとによい一日《いちにち》でしたよ、兄《あに》さん」と、
カメ次郎《じろう》はうれしそうです。
「ふうん、そりゃよかったな。」
プカプカは、ちらっと
カメ次郎《じろう》のカバンに目《め》をやりました。
おやっ⁉　朝《あさ》よりカバンがふくらんでいます。
もうパンパンです。
あ……！
プカプカはハッとしました。

カメ次郎《じろう》は、いろんなものをあつめているといっていました。
ザラシーのいっていた、どろぼうの名《な》まえは「だめ次郎《じろう》」。
だめ次郎《じろう》、だめ次郎《じろう》……カメ次郎《じろう》、カメ次郎《じろう》……だめ次郎《じろう》、
カメ次郎《じろう》……
ザラシーのヤツ、おっちょこちょいだからな。ウミガメを
「指《ゆび》が目《め》」とか「耳《みみ》が目《め》」とかききまちがえるくらいだ。
「怪盗《かいとう》カメ次郎《じろう》」を「怪盗《かいとう》だめ次郎《じろう》」とききまちがえても、
ふしぎじゃない。
カメ次郎《じろう》こそが怪盗《かいとう》——？　そうだとしたらカバンの中《なか》に
入《はい》っているのは、ぬすんだもの……

「兄《あに》さん」カメ次郎《じろう》がいいました。

「な、な、なななななんだ？」

プカプカは、心《しん》ぞうが止《と》まるかとおもいました。

「あっしは、そろそろ、旅《たび》のつづきにでようとおもいます。あすの朝《あさ》、出発《しゅっぱつ》させていただきます。兄《あに》さん、おせわになりました。」

「そ、そうか。」

ふうー。プカプカは大《おお》きく息《いき》をつきました。

あしたこそ、ぜったい、にがさないぞ。

このプカプカさまは、すべてお見《み》とおしだ。

かくごしろ、怪盗《かいとう》カメ次郎《じろう》！

カメ次郎《じろう》のカバン

よく朝《あさ》、カメ次郎《じろう》はプカプカにお礼《れい》をいうと、旅立《たびだ》っていきました。

「またこいよ。」

プカプカは手《て》をふりながら、あとを追《お》うタイミングを見《み》ています。

（そろそろ、いいだろう。）プカプカは、まわりにだれも（おっちょこちょいのザラシーも！）いないことをかくにんして、じぶんも出発《しゅっぱつ》です。

怪盗《かいとう》カメ次郎《じろう》は、背中《せなか》にカバンを
背《せ》おって、気《き》もちよさそうに、
のんびりと泳《およ》いでいきます。
きょうは、どこでなにを
ぬすむつもりでしょう。

しばらくすると
黒《くろ》い島《しま》が見《み》えてきました。
と、おもったら、それは島《しま》ではなく
クジラの背中《せなか》でした。

大《おお》きなクジラと、
そのよこに小《ちい》さいクジラ――
プカプカもよく知《し》っている
クジラ先生《せんせい》と、
くーぼーではありませんか。

ピューシュルシュルシュル
　ピューシュルシュルシュル

しおふきの練習中《れんしゅうちゅう》のようです。

すると、怪盗《かいとう》カメ次郎《じろう》が声《こえ》をかけました。

「こんにちはー、くーぼーさーん。」

え？　知《し》りあいなのか？

「あー、こんにちは！

きてくれたんですね。」

ピューシュルシュルシュル！

くーぼーは、歓迎《かんげい》のしおふきをしました。

プカプカは耳《みみ》をすませます。

「クジラ先生《せんせい》、ルカちゃんの友《とも》だちです」くーぼーが、いいました。

ルカちゃんの友《とも》だち？　どういうことだ？

そうか、みんな怪盗《かいとう》カメ次郎《じろう》にだまされてるんだ。
カメ次郎《じろう》のヤツ！

「ようこそクジラ岬《みさき》へ。わたしはクジえもんです。
みんなにクジラ先生《せんせい》とよばれています。
そして、あそこにいるのが
妻《つま》のミセス・クジラ岬《みさき》です。」
「お初《はつ》にお目《め》にかかります。
あっしは、
旅《たび》ウミガメ一匹《いっぴき》ウミガメの
カメ次郎《じろう》ともうします。」
「そうですか、そうですか、
カメ次郎《じろう》さんですか」

と、クジラ先生《せんせい》はあいさつしながら、
なにかひっかかるようす。
カメ次郎《じろう》……カメ次郎《じろう》……
どこかできいたことがある……。
怪盗《かいとう》……カメ次郎《じろう》⁉

仕事中《しごとちゅう》のアザラシ配達員《はいたついん》、
ペリカン配達員《はいたついん》も、見《み》なれぬ顔《かお》を見《み》て
立《た》ち止《ど》まりました。プカプカは、
そっとようすをうかがっています。すると――

「あー、プカプカ！　こんなところにいたの？

ぼく、さがしたんだよ！」

びっくりしたプカプカが、ふりかえると、そこにはザラシーが。

「おっまえ……またかよ。」

ザラシーの大《おお》きな声《こえ》に、くーぼーたちも、
ふりかえりました。

「プカプカ？」

「兄《あに》さん？」

みつかっちゃいました。

プカプカは、かくごをきめて、みんなのところへでていきました。

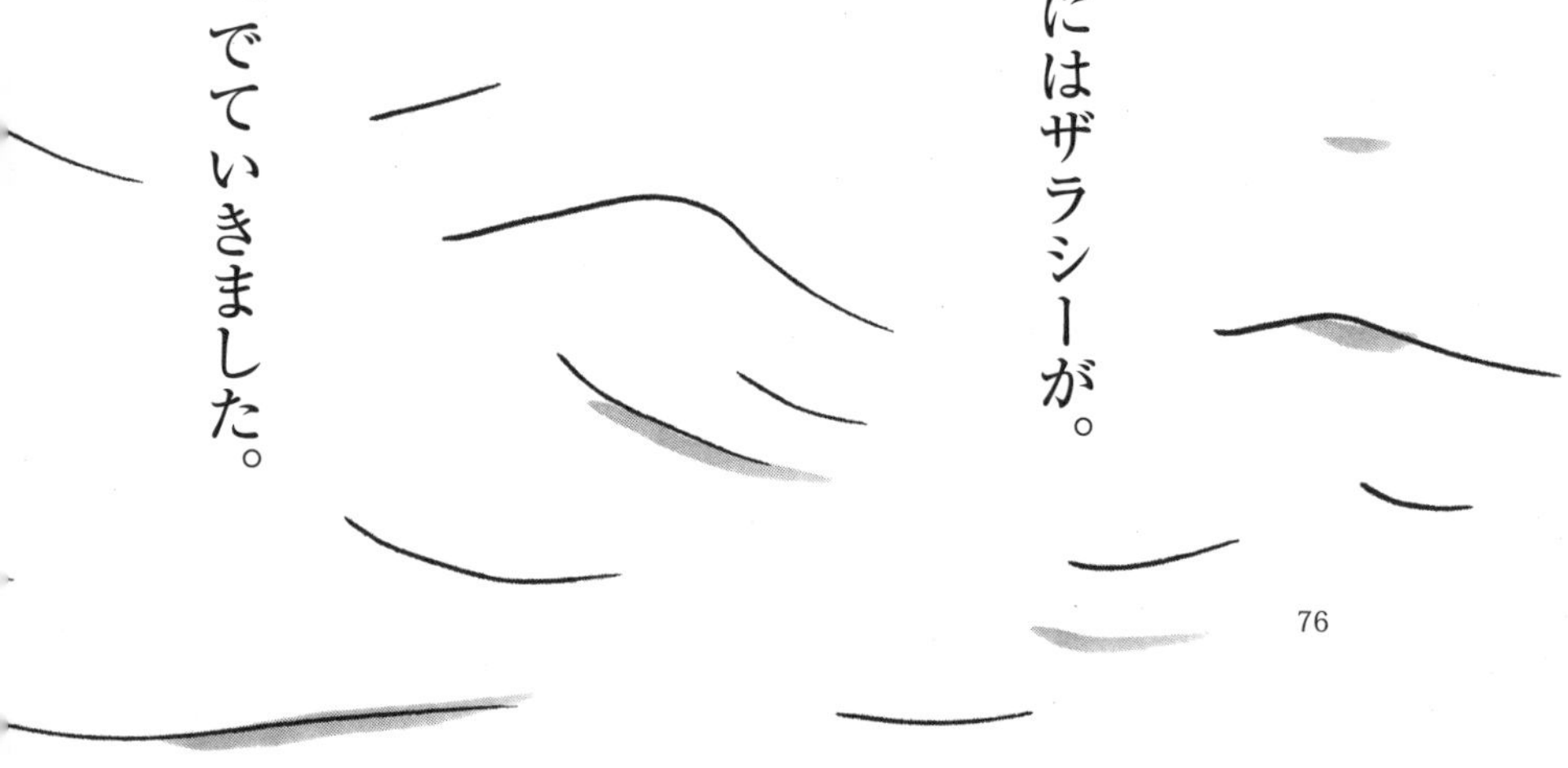

「兄《あに》さん、どうしてここに？」

「どうしてって、おまえの正体《しょうたい》は、もうバレバレだぞ。怪盗《かいとう》カメ次郎《じろう》！」

あたりは、シーンとしずまりかえりました。

「どういうこと？」

なにがおこったのかわからない、くーぼーに、アザラシ配達員《はいたついん》が近《ちか》づき、いいました。

「あのウミガメは、どろぼうなんです。」

「え？　まさか！」

「ほんとうです。怪盗《かいとう》カメ次郎《じろう》です。」

「うそだ。だって、ぼくはカメ次郎《じろう》さんに、貝《かい》の
メダルをもらったよ。オリンピックの話《はなし》をしたら、
感動《かんどう》したって、なみだをながして作《つく》ってくれたんだ。
ぼくだけじゃない、せーらちゃんには貝《かい》の
カスタネットをあげてた。せいちゃんは貝《かい》の笛《ふえ》を
作《つく》ってもらったし、ルカちゃんだって貝《かい》の人形《にんぎょう》を
もらったよ。どろぼうは、あげるんじゃなくて、
ぬすむんでしょ?　はんたいだよ。」
くーぼーには、どうしても信《しん》じられません。

怪盗《かいとう》カメ次郎《じろう》が、いつ本性《ほんしょう》をあらわすかと、みんなごくりとつばをのみこみます。カメ次郎《じろう》がグワワッと大《おお》きく口《くち》をあけたら、そこにはギラギラ光《ひか》る、とがった歯《は》がならんでいるのでしょうか。

カメ次郎《じろう》が口《くち》をモグモグさせました。
みんな、ジリ、ジリッと
うしろへさがります。
かみつかれたら、たまりません。
「あっしは、たしかにカメ次郎《じろう》ですが……」
カメ次郎《じろう》は、ほとんど口《くち》をあけずにいいました。
アザラシ配達員《はいたついん》が、ほんのすこしだけ前《まえ》へでます。
「カ、カメ次郎《じろう》さんとおっしゃるんですね？　近《ちか》ごろ、
このあたりに怪盗《かいとう》カメ次郎《じろう》なるどろぼうが、あらわれている
という、うわさがありまして……」

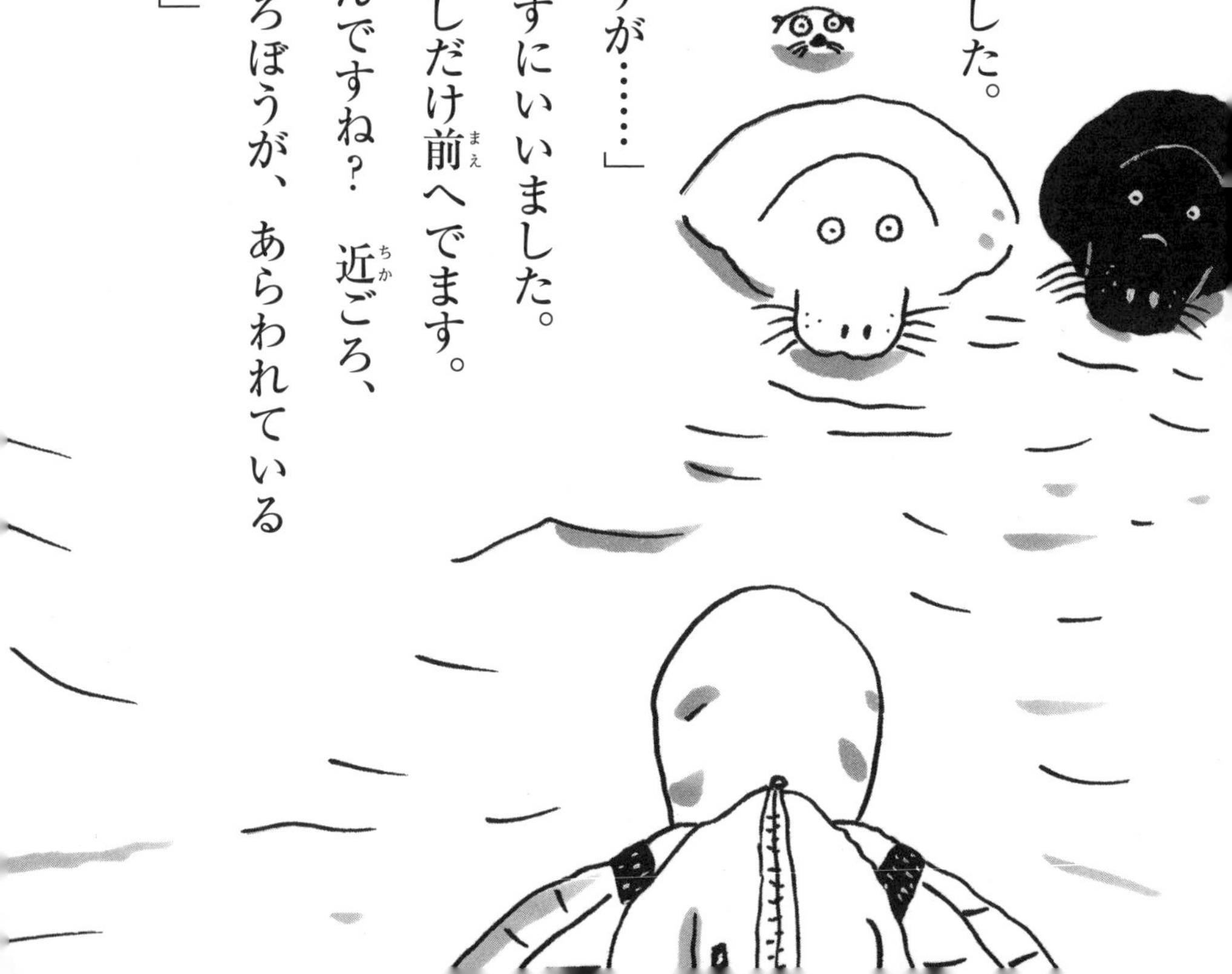

さすがのアザラシ配達員《はいたついん》も、声《こえ》がふるえています。

「怪盗《かいとう》カメ次郎《じろう》？　そのどろぼうが、あっしだと？」

カメ次郎《じろう》は、首《くび》をかしげました。

「と、とぼけるな。そのカバンの中《なか》には

ぬすんだものが入《はい》っているはずだっ。」

アザラシ配達員《はいたついん》のうしろから、

プカプカが顔《かお》だけのぞかせました。

「兄《あに》さん……」

カメ次郎《じろう》は、悲《かな》しそうな目《め》で

プカプカを見《み》つめています。

「カ、カメ次郎《じろう》さん、そのカバンを、
あけていただけないでしょうか?」
アザラシ配達員《はいたついん》がいうと、
「わかりました。」
カメ次郎《じろう》は背中《せなか》から
カバンをおろしました。

ノートのひみつ

ついに、カバンがあけられました。

中《なか》には金《きん》、銀《ぎん》、財宝《ざいほう》――ではなく、貝《かい》がらいっぱい、石《いし》ゴロゴロ、ひからびちゃったコンブ……などなど。

「わざわざぬすむようなものじゃないわねえ。」

ミセス・クジラ岬《みさき》がいいました。

「ま、まだあるはずだ。そうだ、ノートをだせ。あのノートがあやしい！」

プカプカがいいました。
ノート？　みんな、
身《み》をのりだします。
「こいつですか？」
カメ次郎《じろう》が、ノートを
とりだしました。
アザラシ配達員《はいたついん》が
中《なか》をひらき、
はじめのページを
声《こえ》にだしてよみました。

月《がつ》日《にち》　はれ

おっかさんと、かめよに、みおくられ、もしもし湾《わん》を しゅっぱつ。
目的《もくてき》を たっせいするまで、かえってきては ならない。
でも、ぜったいに かえって こなければ ならない。
カメ次郎《じろう》、さあ ゆくぞ。

「目的《もくてき》って？　なにをぬすみにきたんですか？」
アザラシ配達員《はいたついん》がたずねると、カメ次郎《じろう》はハァー……と、しんこきゅうをし、しずかにはなしはじめました。

「あっしのふるさとは、もしもし湾《わん》です。あっしは小《ちい》さいころから、
貝《かい》などつかって、ひとりでなにかを作《つく》るのが好《す》きでして、
貝《かい》がらあつめにふらーっと旅《たび》にでては、おっかさんに、心配《しんぱい》を
かけてきました。
　ところが、おっかさんが、ここんとこ、めっきりよわっちまって、
もうあっしはどこへもいかないときめたんです。妹《いもうと》のかめよと、
おっかさんのそばにいてやろうと。
ところが、おっかさんがいうんです。
『カメ次郎《じろう》、おっかさんのことは気《き》にしないで、おまえは、
いままでどおりじぶんの好《す》きなことをしろ。

貝《かい》がらあつめの旅《たび》にでろ』と。
それはできねえと、あっしはこたえました。
すると、おっかさんは、
しばらく考《かんが》えこんでから、こういいました。
『じゃあ、おっかさんに、
みやげをもって帰《かえ》ってきておくれ。
そしたら元気《げんき》になれそうだ』
というじゃありませんか。
どんなみやげが、ほしいのかい？　ときくと、
『友《とも》だちをいっぱいつくって、その話《はなし》をしてほしい』というんです。

もともと、あっしはひとりが好《す》きで……というより、
友《とも》だちをつくるのがにがてなもんで、こいつはこまったな、
とおもいました。でも、それで、おっかさんが元気《げんき》になれるなら、
にがてなんていってるばあいじゃねえ。おっかさんは、
このノートを、友《とも》だちの話《はなし》で
いっぱいにしたら帰《かえ》ってこい、
それまでは帰《かえ》ってくるなといいました。」

パラパラとページをめくっていくと——

月《がつ》日《にち》 くもり

どこかに とまれるところは ないかと、とおりがかりの方《かた》に
たずねたら、プカプカさんの てがみを 見《み》せてくれた。
民宿《みんしゅく》をやっているらしい。 てがみには 一匹《いっぴき》ラッコ旅《たび》ラッコと
かいてある。一匹ウミガメ旅《たび》ウミガメの あっしと、にている。
一匹《いっぴき》ラッコなのに、 おきゃくさんを とめてあげるなんて
エライ!
あっしは、そんけいする。 ぜひコンブ林《ばやし》へ いってみたい。

月《がつ》日《にち》　くもり　のちはれ
コンブ林《ばやし》にとうちゃく。プカプカ兄《あに》さんは、あっしに甲《こう》らを
おろして休《やす》めとおっしゃった。おもしろいお方《かた》だ。
そして親切《しんせつ》なお方《かた》だ。プカ貝《がい》をごちそうになる。
とてもうまい。
それに貝《かい》がらがすばらしい！　しばらくコンブ荘《そう》で
おせわになることにする。

月《がつ》日《にち》　はれ　いちじ　こさめ
ルカちゃんというイルカの女《おんな》の子《こ》と友《とも》だちになる。
ルカちゃんは、オットッ島《とう》へあんないしてくれて、

オットセイのせいちゃんと、妹《いもうと》のせーらちゃんを、しょうかいしてくれた。かめよを思《おも》い出《だ》し、ちょっと泣《な》いた。せーらちゃんといっぱいあそぶ。あんまりかわいいので、かめよのために作《つく》った貝《かい》のカスタネットをあげた。もうひとつ作《つく》らなくては。

月《がつ》

日《にち》　ものすごく　はれ

きょうは、また新《あたら》しい友《とも》だちができた。くーぼーさんだ。しおふきのしゅぎょうでオットッ島《とう》をはなれ、いまはクジラ岬《みさき》にいるそうだ。しおふきの金《きん》メダルをめざしているとのこと。

くーぼーさんはエライ。感動《かんどう》したので、貝《かい》メダルを作《つく》り、
プレゼントした。くーぼーさんが早《はや》くほんもののメダルを
もらえますように。
オットッ島《とう》は、めずらしい貝《かい》がらや石《いし》、海草《かいそう》がいっぱいだ。
旅《たび》もおわりが近《ちか》いので、きょうは、カバンがパンパンに
なるほど　つめこんだ。
おなごりおしいが、あすコンブ荘《そう》をはなれる。いごこちが
よいので、ながいをしてしまった。おっかさんがしんぱいだ。
兄《あに》さん、あっしを、そっと　みまもってくだすって、
ありがとうございます。恩《おん》にきます。

兄《あに》さんの顔《かお》

――ノートは、そこでおわっていました。

「うえーん、うえーん」

泣《な》きさけぶ声《こえ》は、プカプカです。

「ごめんよー、ごめんよー。

おまえのことを、

どろぼうだなんていって、ごめんよー。」

「兄《あに》さん」と、カメ次郎《じろう》は

プカプカに近《ちか》づき、肩《かた》に手《て》をおきました。

「いいんです、いいんです。兄《あに》さん、お顔《かお》をあげてください。」

「怪盗《かいとう》カメ次郎《じろう》なんて、
だれがいいだしたんだろう。」
ペリカン配達員《はいたついん》が、
おこって羽《はね》を
バタバタさせています。
「うわさは、かんたんに信《しん》じてはいかんなあ……」
クジラ先生《せんせい》がいいました。
「もうしわけありません。わたしが、
もっとしんちょうになるべきでした。」
アザラシ配達員《はいたついん》もがっくり。

「ところで、ノートは、あと何《なん》ページ
のこっているんだい？」とペリカン配達員《はいたついん》。
「あと一《いち》ページ、さいごのページだけです。」
カメ次郎《じろう》はこたえました。
「それならカメ次郎《じろう》さん、わたしたちのことを
書《か》いてちょうだい！」
ミセス・クジラ岬《みさき》がいいました。
「ありがとう。みなさん、
ありがとうございます。
恩《おん》にきます！」

手《て》紙《がみ》くれよな

カメ次郎《じろう》は、みんなとたのしそうに話《はなし》をしながら、さいごのページを書《か》きおえました。ノートをしまうためカバンをあけたカメ次郎《じろう》は、もじもじしながらいいました。

「兄《あに》さん。じつは、兄《あに》さんのために作《つく》ったものがあるんですが……」

「おいらに？」

「ええ。でも、それが、その、あんまりうまくいかなくて、もって帰《かえ》ろうとおもって。」

「そんなこといわずに、おくれよ。」

「そうですか？　おはずかしいんですが……」

カメ次郎《じろう》がカバンのそこのほうからとりだしたのは——

「かんばんがあったほうが、お客《きゃく》さんが、まよわないいんじゃないか、と。」
カメ次郎《じろう》は、頭《あたま》をポリポリかきました。

「カメ次郎《じろう》さんがはなしてた、すばらしい民宿《みんしゅく》のご主人《しゅじん》ってプカプカさんだったんですか。知《し》らなかったなあ。」

くーぼーがいいました。

「いや、その」そもそも民宿《みんしゅく》じゃないし……と、

プカプカはおもいましたが、

「ありがとよ。たいせつにする。カメ次郎《じろう》みたいな客《きゃく》ばっかりなら、おいらも楽《らく》チンでいいんだけどな」と、てれながら、かんばんをうけとりました。

貝《かい》がら、石《いし》、海草《かいそう》、そしておっかさんへのおみやげでパンパンになったカバンを甲《こう》らに背《せ》おうと、さあ、カメ次郎《じろう》が出発《しゅっぱつ》です。

「元気《げんき》でねー。」

「また、あそびにきてねー。」

「おっかさんと、かめよちゃんによろしくー。」

カメ次郎《じろう》は、なんどもなんどもふりかえります。

「さよーならー。」

「さよーならー。」

「おーい、カメ次郎《じろう》。」

プカプカがカメ次郎《じろう》をよびます。

「カメ次郎《じろう》、もしもし湾《わん》に帰《かえ》ったら、手紙《てがみ》くれよなー。」

「はーい、兄《あに》さーん。かならず、手紙《てがみ》書《か》きまーす。」

カメ次郎《じろう》は水平線《すいへいせん》にむかって、まっすぐにすすんでいきます。

背中《せなか》のカバンが、どんどん小《ちい》さくなり、そして、ついに見《み》えなくなってしまうと、プカプカが、さびしそうにいいました。

「あいつ、ほんとに、手紙《てがみ》くれるかなあ……」

すると、

「あ！　わすれるところだった。プカプカに、手紙《てがみ》あずかってるんだ。」

そういって、ザラシーが、ふうとうをさしだしました。

「やった！　返事《へんじ》がきた！」

プカプカはうれしくて、コンブおどりをしました。

そして、ふうとうをあけると――

コンブ林《ばやし》のプカプカさんへ
てがみ、はいけんしました。
ぼくは なかなか ともだちが できません。みんな ぼくの
顔《かお》が こわいみたいです。だから ニコッと わらうんだけど、
みんな にげてしまいます。ぼくは、ほんとうは 気《き》が
小《ちい》さいのです。
プカプカさん、ともだちに なってくれませんか。
こんど あそびに いっても いいですか。と まっても
いいですか。
おへんじ まってます。

ついしん

このあいだ、とまるところをさがしていたウミガメくんに、
プカプカさんのてがみをみせたので、そのうち、
たずねていくかもしれません。ぼくをこわがらなかった
めずらしいウミガメです。
ぜひ、とめてあげてください。

さいとう　サメ次郎《じろう》より

岩佐めぐみ《いわさめぐみ》

1958 年、東京都に生まれる。多摩美術大学グラフィックデザイン科卒業後、1986 年まで同大学学科研究室に勤務する。作品に『ぼくはアフリカにすむキリンといいます』『わたしはクジラ岬にすむクジラといいます』『オットッ島のせいちゃんげんきですか?』(偕成社)、『バッファローおじさんのおくりもの』『カンガルーおばさんのおかいもの』(講談社)がある。夫、二人の息子とともに、東京都多摩市在住。

高畠　純《たかばたけじゅん》

1948 年、愛知県に生まれる。愛知教育大学美術科卒業。絵本『だれのじてんしゃ』でボローニャ国際児童図書展グラフィック賞受賞。作品は『もしもし…』「白狐魔記」シリーズ(偕成社)、『ピースランド』『おどります』(絵本館)、『らくちん らくちん』(アリス館)、『わんわんわんわん』(理論社)、『十二支のはやくちことばえほん』(教育画劇)など多数。岐阜県在住。

偕成社おはなしポケット
おいらはコンブ林にすむプカプカといいます
NDC913
106p. 22cm
ISBN978-4-03-501100-2

おいらはコンブ林にすむプカプカといいます

2009 年 10 月 1 刷　2023 年 8 月 4 刷

●作者●
岩佐めぐみ

●画家●
高畠　純

●発行者●
今村正樹

●発行所●
株式会社偕成社
〒162-8450 東京都新宿区市谷砂土原町3-5
TEL.03-3260-3221(販売)　03-3260-3229(編集)
https://www.kaiseisha.co.jp/

●印刷所●
中央精版印刷株式会社

●製本所●
中央精版印刷株式会社